WITHDRAWN
No longer the property of the
Boston Public Library.
Sale of this material benefits the Library

D1243981

Para Marijn y Ana María

Primera edición en neerlandés: 1999
Primera edición en español: 2007

Haeringen, Annemarie van
    La princesa de largos cabellos / Annemarie van Haeringen;
    trad. de Goedele De Sterck. —México: FCE, 2007
    [27] p. : ilus. ; 26 × 21 cm — (Colec. Los Especiales de
    A la Orilla del Viento)
    Título original De prinses met de lange haren
    ISBN 978-968-16-8471-6

    1. Literatura Infantil I. Sterck, Goedele De, tr. II. Ser.
    III. t.

LC PZ7   Dewey 808.068 H716p

Distribución mundial

Comentarios y sugerencias:
librosparaninos@fondodeculturaeconomica.com
www.fondodeculturaeconomica.com
Tel. (55) 5449-1871. Fax (55) 5227-4640

▓ Empresa certificada ISO 9001:2000

Coordinación editorial: Miriam Martínez y Carlos Tejada
Diseño: Gil Martínez
Traducción: Goedele De Sterck

Título original: *De prinses met de lange haren*

Copyright © 2000, Annemarie van Haeringen
Publicado originalmente por Uitgeverij Leopold B. V.
Amsterdam

D. R. © 2007, Fondo de Cultura Económica
Carretera Picacho Ajusco 227
Bosques del Pedregal
C. P. 14738, México, D. F.

Se prohíbe la reproducción parcial o total de
esta obra —por cualquier medio— sin la anuencia
por escrito del titular de los derechos
correspondientes.

ISBN 978-968-16-8471-6

Impreso en México · *Printed in Mexico*

Se terminó de imprimir en octubre de 2007 en los talleres
de Impresora y Encuadernadora Progreso, S. A. de C. V. (IEPSA)
Calzada San Lorenzo 244, Paraje San Juan, C. P. 09830, México, D. F.

El tiraje fue de 7000 ejemplares

La princesa
de largos cabellos

Annemarie van Haeringen

Traducción del neerlandés de
Goedele De Sterck

LOS ESPECIALES DE
A la orilla del viento
FONDO DE CULTURA ECONÓMICA
MÉXICO

En un país pequeño y pobre ha nacido una princesa.

Su padre, el rey, está radiante de alegría.

¡Qué linda es su niña!

¡Qué cabello tan abundante, como de reina!

La princesa crece

y su cabello crece aún más deprisa.

Sus sirvientes están preocupados:

¿no le pesa mucho todo ese cabello?

Para la princesa lavarse el cabello es lo peor de lo peor:

¡cuántos pelos, cuánto jabón, cuánta comezón en sus ojos!

Una vez a la semana el rey alquila una piscina

y nueve damas enjabonan, limpian y secan el cabello de la princesa.

Su cabello es tan pesado

que a la princesa le encantaría cortárselo,

pero su padre le repite constantemente:

—El cabello es el tesoro más valioso de una mujer.

¡Cuanto más largo, mejor!

La princesa no tiene más remedio que

quedarse sentada y quieta.

Después de lavarlo, su cabello siempre se enreda

y la princesa tiene tal ataque de rabia

que los sirvientes salen corriendo.

–¡Quiero jugar afuera, quiero saltar la cuerda,

quiero subirme al columpio! –grita la princesa.

Durante horas, la princesa

ha cepillado los nudos de su cabello.

Intenta hacerse una cola de caballo,

luego intenta hacerse dos trenzas;

al final dice:

–Como no me dejan cortarlo,

lo llevaré en dos maletas.

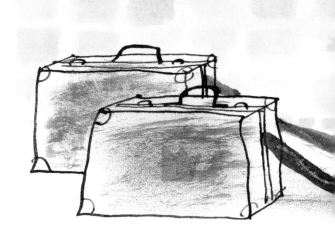

Eso no les gusta nada a los sirvientes:

las princesas no deben cargar maletas.

Y a veces las princesas también quieren estar solas...

Su cabello sigue creciendo y las maletas crecen con él.

Como la princesa ya no puede levantarlas

llaman al hombre fuerte del circo.

A la princesa le cae muy bien;

él le cuenta historias increíbles sobre el circo,

sobre caballos, acróbatas y tierras lejanas.

Ligera como una pluma, la princesa flota por el palacio.

Al rey le parece que la princesa ya está en edad
de casarse.

Pero… nadie quiere estar con ella.

¿Quién querría a una princesa atada a dos maletas

y al hombre fuerte?

Entonces el rey anuncia que en las maletas

hay un tesoro.

Así llegan reyes y emperadores de todo el mundo

ofreciendo hermosos regalos

de oro, de plata y diamantes…

La princesa mira a los hombres que están frente a ella

y después mira el mar de costosos peines;

al fin entiende lo que su padre quiere decir:

sus largos cabellos pueden hacer rico

al pequeño y pobre país.

Luego la princesa mira al hombre fuerte que está

detrás de ella y decide que ya es suficiente riqueza.

Sin hacer mucho ruido, sale del palacio

y huye hacia las montañas.

Sólo lleva consigo el par de maletas.

Y al hombre fuerte.

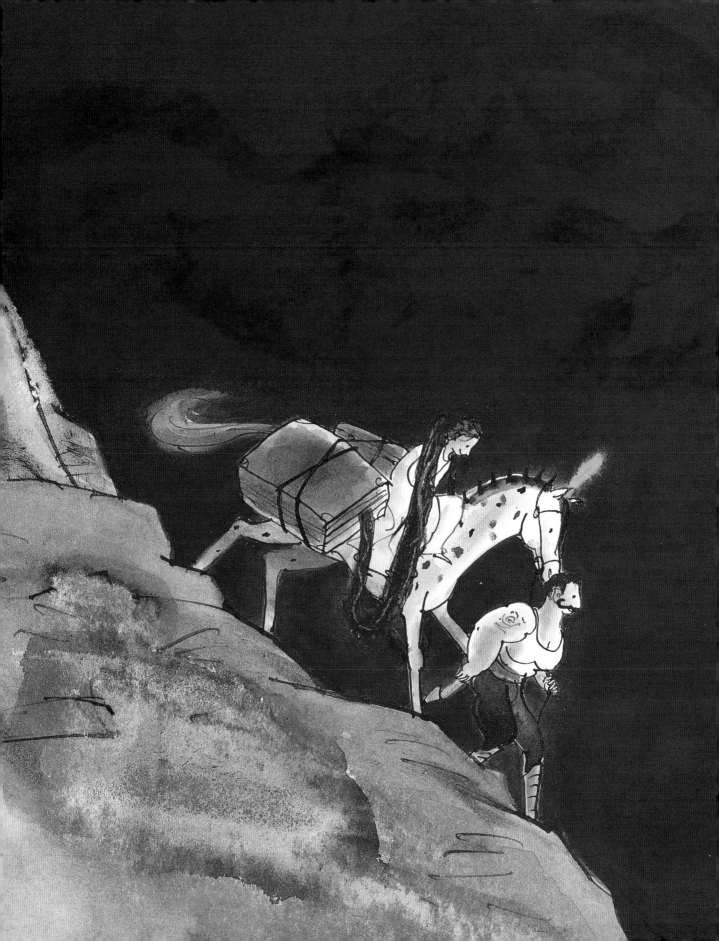

Durante el día atraviesan montañas y colinas,

buscan el rastro del circo.

Durante la noche, cuando se siente un frío helado,

abren las maletas.

Cuando al fin encuentran el circo,

el hombre fuerte corta el cabello de la princesa

para que pueda llevarlo sola y, como princesa del circo,

balancearse por la vida...